뭔 말이야

송근주 제2시집

시사랑음악사랑

시인의 말

"그냥 야인"이라는 첫 시집을 세상 밖으로 내보냈다. 삐리 삐리하고 야들야들한 야인의 생활을 청산했다. 묵언 수행과 명상, 기도 그리고 요가로 10여 년의 세월을 보냈다. 이제 참삶을 사는 방법을 하나씩 꺼내 놓아야겠다. 수신, 수행, 수양을 바탕으로 "내 탓이요 내 탓이로소이다". 하면서 나의 부족함이 세상 밖으로 나오게하려 한다. 준비하는 기간이 길게 느껴지지 않았다. 꿈을 실현하는 과정에 성큼 다가설 수 있게 했다. 삼재에서 사재를 성취하려는 욕심과 집착이 부글부글 끓어오르고 있다. 비우면 채워야 한다. 이것이 욕심이고 갈증을 없게 하는 욕망이라 해도 내가 가고자 하는 길을 갈 것이다. 많이 읽고, 많이 쓰고, 많이 생각하고 이를 행동으로 실천하고자 한다.

모든 것은 나로부터 시작되었다. 과거가 지금의 나를 있게 했다. 미래 또한 지금이 있기에 희망을 갖게 되는 것이다. 잘못이 있으면 반성을 하게 되고 성찰을 통해 모든 것은 지나갈 것이다.

결론적으로 말하자면 남의 탓으로 돌리지 않겠다는 것이다. "내 탓이요 내 탓이로소이다"하면서 옳고 그름을 가리는 것, 비교하는 것, 불평불만을 나 자신에게 돌린다는 것이다.

자연은 자연스러운 육체에 있다. 내가 보고 듣는 삼라만상의 기준은 영혼에 걸려 있는 나 자신의 육체에 기준을 두고 있다. 하늘의 육체, 땅의 육체, 사람의 육체가 영혼의 생명력을 간직하고 있다. 영혼과 육체가 살아 있다는 것, 살아가고 있는 것, 살아갈 거라는 것이다. 영혼의 육체를 갖고 있기에 존재감을 느낄 수 있다. 힘이든다고한다. 움직여야 힘이 드는 것이다. 가만히 있어도 힘이 들고 움직여도 힘이 든다면 나는 움직이는 육체를 보고 듣고 느끼며 힘이 들게 하고 싶다. 움직여야 살아 있다는 느낌이 있는 것이다. 움직임이 없다면 살아 있다는 느낌도 없다. 내가 살아 있다는 느낌을 알아차림하고 싶다. 내가 움직이고 있다는 사실, 내가 살아 있는 육체를 보고 느낄 수 있는 때가 온 것이다. 껍데기 육체가 아닌 물아일체와 문이 재도의 이치를 깨달아 가는 육체를 만나고 싶다. 육체와 마음이 따로 있는 것이 아니다. 움직이는 육체에 마음이 있다. 껍데기 아닌 육체와 혼연일체(渾然一體)가 된다.

시인 송근주

＊ 목차 ＊

제 1 부

제 2 부

* 목차 *

제 3 부

* 목차 *

제 4 부

* 목차 *

QR코드 스마트폰으로 QR 코드를 스캔하면
시낭송을 감상할 수 있습니다

 본문
시낭송
감상하기

 제목 : 내 곁에 없다
시낭송 : 박영애

 제목 : 그냥이 좋아
시낭송 : 박영애

 제목 : 사주팔자
시낭송 : 박영애

 제목 : 유유상종
시낭송 : 박영애

제목 : 더더욱 사랑하게 해
시낭송 : 박영애

 제목 : 살아온 날
시낭송 : 박영애

 제목 : 가을 하늘
시낭송 : 박영애

 제목 : 국화 향
시낭송 : 박영애

 제목 : 초미세 먼지
시낭송 : 박영애

 제목 : 기다려라
시낭송 : 박영애

시인은 자연을 이야기하고 시낭송가는 자연을 품었다
글자는 날개를 달아 언어로 날고 소리는 자연에 눕는다

송근주
제 2 시집
—

뭔
말
이
야

제 1 부

인연

인연 삶을 다할 때까지
사랑이다

내리사랑

내리사랑은 내가 하고자 한 것을
자식이 해주기를 바란다

실종

어머니 밥상 차려놓고
눈시울 붉히고
이제나저제나 돌아올 아이 기다리고

아버지 전단지 돌리며
이곳저곳 돌아다니며
아이를 찾고

가슴에 묻어 두고
하늘 아래에
땅 끝에

사람과 사람 틈바구니에서
잃어버린 아이를
기다리고 찾고

아들

아들이 등단하라고 하네
아들이 책 내라 하네
아들이 상 받으라 하네
수상 여부는 기다려 봐야 한다네
상은 밥상이 좋다네

시

뚝딱 시가 겉옷을 입고
감성 시가 속옷을 입고
상상 시가 날개를 달고
공감 시가 소통을 한다
영혼 시는 알몸이 된다

씨앗

마당에 화분 있는데
마당에 있는 화분에
꽃이 피었어

벌이 날아들고
나비가 날아들어
꽃에게 입 맞추고

아니 꽃 혀에
빨대 꽂고
꿀을 선물 받았어

꽃이
씨앗 뿌리라고
벌과 나비는 축복하네

파리

파리가 꽃 수술에 발을 대어도
꽃이 씨앗을 낳을까
꽃이 더럽다고 하지 않을까

똥 묻은 발로
키스한다고
그런데 말이야

파리는 꽃의 입술도
혀도 바라지 않는다는 거야
놀다 가는 게 좋데

애기

애기 커 가고 있어요
조그마한 애기가 커 보여요

크지도 않은데
어른 같이 보여요

미소 짓는
눈가에 고인 웃음과

눈가에 머문 미소의
애기가 있어요

혼자 살아

관행이라는 굴레를
깨트려야 해 사람이 만들어 놓고
갇혀 살아

자유롭지 않아
자유롭게 내가 하고자 하는 바대로
살아야지

못하는 게 없고 못할 게 없고
건강 지키며
혼자 살아

똑같아

경연이라나
경쟁을 하는 거야
우월한 사람을 뽑는 거지

탁월하고 못 하고
재주꾼에게 다 똑같아
재주 없어도 똑같아

노력하고
관심을 갖고
열정을 쏟아 부을 때에

그 날의 행운이 보태지는 거야
거기서 거기
다 똑같은데

파리

파리가 햇볕에 앉아 선팅을 하고 있다
비 온 뒤 끝이다

축축한 몸을 말리고 있다
햇볕이 파리 몸에 빛을 쏘아 낸다

축복의 반짝임을 던져 주고 있다
파리는 햇살을 향해 몸을 맡기고 있다

햇볕은 주기만 하고 있다
파리가 잘 살기를 바라기만 한다

세상과 사람

보이는 게 다는 아니라는데
보지 않으면 믿으려 들지 않아
보는 것
내가 알고자 하는
모든 것들이
세상과 사람과 있는데

들리는 게 다는 아니라는데
듣지 않으면 믿으려 들지 않아
들리는 것
내가 듣고자 하는
모든 것들이
세상과 사람과 있는데

냄새 맡는 게 다는 아니라는데
맡지 못하면 믿으려 들지 않아
냄새라는 것
내가 맡고자 하는
모든 것들이
세상과 사람과 있는데

먹는 게 다인데
먹고 살아야 하는데
먹고 살기 위해 일하는데
일하러 갔다 돌아오지 않아
세상과 사람과 있는데

내 곁에 없다

간다고 하는데
어디를 가는지
알려주지 않고
떠났다

코로나19로
내 곁에 없다

온다고 했는데
언제 올지 몰라
말도 없이
떠났다

코로나19로
내 곁에 없다

 제목 : 내 곁에 없다
시낭송 : 박영애
스마트폰으로 QR 코드를 스캔하면
시낭송을 감상할 수 있습니다

바닷길

바닷길이 깊다 깊은 바닷길이
죽음의 길을 경고하고 있다

얕아지고 있다 사람이 버린
버림받은 바다로 버려지고 있다

해양쓰레기 바다 위로
떠오르고 있다 가라앉고 있다

바닷길이 막히고 있다
섬을 만든다 대륙이 된다

사람 향

본다 안 본다
보고 싶다 보기 싫다
얼굴을

듣다 안 듣는다
안 들린다 듣고 싶다
목소리를

냄새 안 맡는다
맡는다 맡고 싶다
사람 향을

먹자 먹지 말자
먹는다 먹고 싶다
공기를

걸음마

일어나기 시작했지요
잠자리에서 일어났지요

곱게 잠들었다
일어섰지요

몸이 가벼운 게
첫걸음을 걷게 되네요

서서 걷는 걸음마 하네요
일어섰지요

기준

나에게 이로우면 편하고
나에게 해로우면 불편하고
나에게 다가오면 반기고
나에게 멀어지면 떠나보내고

내가 좋으면 좋아하고
내가 싫으면 싫어하고
귀찮아하면서
게으름 피면서

나에게 모든 걸 맞추려 한다
다 다르다는 걸 알면서
나에게 기준을 두고
맞추려 한다

내가 사랑한다고
내가 이별한다고
맞추려 한다
나에게 기준을 두고

봄이

봄이 오긴 온 건가
아침에 두 눈을 뜰 수 있어 봄인 듯

봄이 온 건가 보다
가로수에 싹들이 삐져나오고

봄이 오고 있는가 보네
쑥쑥 뻗어 나오는 잎사귀에

봄이 오신 걸 꽃 피워
웃고 있으니

몸

들로 달리고 있다
소리치고 있다
숲으로
산으로
둘러싸여 있는 몸

물로 자맥질한다
허 푸 우 푸 한다
강으로
바다로
둘러싸여 있는 몸

문명에 순종하고 있다
부와 권력을 쫓고 있다
빌딩으로
아파트로
둘러싸여 있는 몸

몸을 찾아 나간다
하늘 천
땅 지
사람 인에
둘러싸여 있는 몸

기억

기억도 가출을 한다
기억이 가출을 하는 것은
망각이라 한다

망각이 다시 돌아오게
최면을 걸면 된다
돌아온 기억에게
좋았던 기억을 돌아오게 하는 게 없다

돌아온 기억은
나쁜 기억만 돌아온다
가출한 기억은
범죄자를 추적할 때 사용한다

돌아온 기억은
불안과 부정과 우울함을 털어놓게 한다
기분이 좋아지게 한다

기억은
나쁘게 돌아와도
돌아온 기억이
좋았던 기억으로 살 수 있게 한다

그 자리

돌아온다 하지만 돌아오지 않아요
돌아간다 하지만 돌아가지 않아요

돌고 돌아 돌아오는 그 자리

온다 간다 하지만 사랑 가지 않아요
온다 간다 하지만 이별 오지 않아요

온다 간다 하는 사랑과 이별 그 자리

기계 인간

전기와 물이 흐르는 곳
어디인가 몸이라네

자가발전을 위해
물을 보충하고 물은 전기로 변하네

면역력이라는 물
몸을 돌고 도는 수로는 혈관이라는 상하수도네

몸을 살리기 위해
인공으로 부착된 기계 인간이 돼가네

기도(祈禱)

봄에
기도를 하면 안 되나
가을에는 기도를 많이들 하는데

여름에
기도를 안 하나
가을에는 기도를 많이 하더라고

가을이
기도의 계절인가 봐
가을에는 기도를 많이 하니까

겨울에
기도 대신 축하하기 바빠서
기도를 안 하나 연말연시라고

기도(氣道)

이게 없으면 죽은 거지
숨구멍이 막히면 죽은 거지
시간이 해결한다
급하게 살면 일찍 죽어
숨이 차면 숨죽이게 되고
숨 죽으면 숨 못 쉬니 죽지
한숨 돌리고 쉬엄쉬엄 가자

살어리랏다

살어리랏다 살어야겠다
이 산에 살고 저 산에 살고
산에서 살아야겠다
살어리랏다 살어리랏다
이 바다에 살고 저 바다에 살고
바다에 살아야겠다
살아 살아 이곳 저곳
살아 살아 저곳 이곳
사러어리르 사러리어르
산과 바다에 살아야겠다

길

길이 있다 좁은 길 넓은 길 알지 못하는 길
좁은 길은 지나가기 어렵다
넓은 길은 지나가기 쉽다나
알지 못하는 길은 불안하다
도전하고 모험하고 새로운 길을 터야 한다
모든 이들이 오갈 수 있게 한다

내 몸 경영

내 몸은 내가 경영하고
내 몸은 내가 일을 한다
이분법인가
둘 통해야 몸과 마음이 하나가 된다
몸 경영하는 마음
일하는 몸이 하나 돼
알아 챙김 아닌가
깨달음 찾아야 하는 길
내 마음 경영하고
내 몸 일을 한다

잠자기

파리는 잠을 자면
파리가 잠이 들면
오래 못 자나 아니면 오래 자나

잠을 자면
오래 자는 이 있다네
깨어나지 않는 잠을 자는 거

꼴불견
눈에 거슬리는 것
보지 않으니 좋지 빨리 잠들고 싶어 하는 이

힘들어도
참고 견뎌야지
꿈길을 걷는 잠자기 좋아

변해야

변해야 한다네
변하는 게 편하면 변해
살아온 날
살아갈 날

손꼽아 헤아려도
변화가 없어
변화는 몰라
말로는 잘도 변해

몸으로 움직이지 않아
잘못을 저지르고
너스레만 떨고 있지
허황되게 되풀이되지

살아온 날
살아갈 날
변해야 한다는데
변할 수 없지

손가락무늬

다 달라
모양 무늬는
다 달라
손가락 무늬 다 달라

모양 무늬
다 달라
다 달라도
손가락무늬 찍을 때 알아

모르고 있다
알게 돼
다 달라 손가락무늬
모양 무늬만 비슷해

다 달라
모양 무늬는
알게 돼
손가락무늬 다르다는 걸

가해자

약하게 자라도
살아가는
있는 대로 살아 있는
잡초
파리
모기
해롭다 한다
살기 위해
살아가는 것
가해자가 된다

만나

참 질기게 이어 간다
약하게 작게 태어난 것들은

참 질긴 살아 있음을 이어 간다
태어나서 잠시의 숨 돌림을

이어나가지 못하면
사라진다

공기와 햇볕과 물을
만나도 잠시 잠깐

만나자마자
이별을 한다

만나 보지 않고
떠나간다

송근주 제 2 시집 ― 원 말이야

제 2 부

일광욕

일광욕은 파리도 한다네
햇볕이 비추이면

파리가 도로 한복판에 앉아
일광욕을 즐긴다네

빠르게 움직이는 파리가
한가로이 일광욕을 즐긴다네

햇볕에 앉아
일광욕 파리가 한다네

부딪쳐서

높지도 않은데
그들에게는 별로 안 높아 보이는데
낮은 곳에서
햇볕 사냥하다
날아오르더니
파리가 마주치더니
날갯소리를 윙윙 붕붕
싸우는가 했는데
부딪쳐서
붕붕 윙윙
만나서 싸우는 거 아닌데
만난 게 부딪친 거야

똥파리

똥을 주워 먹는다
파리를 잡았더니
족속의 뒤처리를 한다
똥을 먹으러 파리 두 마리

살기 위해 똥을 먹는다
먹는 게 사는 거다
먹지 않는 건 죽는 거다
잘 먹자 똥을 잘 먹자

족속의 사체에서
삐져나온 똥
두 마리의 파리가
잘 빨아먹고 있다

파리 부부인가
파리 친구인가
파리 사이좋게
똥 함께 먹는다

파리 피

파리가 혈관이 있네
피가 나네
피가 나네

빨간색이네
피 안 나는 파리 있네
피 안 보이네

파리채 휘둘러
잡은 파리
피 보이는 파리

파리채 휘둘려
잡혀 죽은 파리
피 안 보이는 파리

관심 대상

서로에 대상 각자의 관심
다 달라요
다 다르기에 간섭을 싫다 해요
끼어들어 살아가기
회피하려 들어요
관심은 내가 지고 가는 것이에요
대상은 내가 결정하는 것이고요
개성이 남다르게 보여요
관심의 대상이 달리 보여요
그냥 내버려 두세요
내가 살아가는 동안

꽃기린 1

기린 목이 길어
기린이라네
기린 목과 닮았다고
꽃기린이라네
동물의 세계
목 긴 짐승 기린이라네
식물의 세상
기린 목 닮은 꽃기린이라네
귀 닮아 있네
잎이 기린 귀같으네

꽃기린 2

기린 목이 길다네
꽃기린 목화 되어 기린 목 닮았네요

눈은 꽃방울이라네
꽃기린의 꽃망울 기린 눈 닮아있네

귀는 기린 귀 닮아 있네
잎이 기린 귀 같으네

만날 수 있게 해 주시게
기린이 사는 세상에서

꽃기린이 사는 땅에서
만날 수 있게 해 주시게

운동화

그래도 아끼는 거라는
그냥 버리기 아까워서
"세탁을 했어 깨끗해"
운동화 한 컬레 주려 했다

받기 싫다 하기에
주지 못했어
그냥 주고 싶었을 뿐인데
혹시나 하는 마음에

전화 통화했지
운동화 주려 해도
받기 싫다 거절하니
주고도 욕먹을 뻔했다

아차 하면 주고도
욕먹을 뻔했다네
그냥 버리기 아깝다는
그래도 주고는 싶다는

나비 사랑초

일 년 내내 꽃을 피운다네
나비 사랑초
잎이 나비 닮았네

나비 사랑초
사랑을 찾아 길을 떠나고 싶어 하네
이별을 찾아 길을 떠나고 싶어 하네

나비 사랑초는
일 년 내내 잎이 보랏빛으로
일 년 내내 해바라기 하는 꽃

해오면 인사하네
나비 사랑초
기지개를 펴네
해가면 잠든다네

시험

준비한 대로 결과는 나오지 않는다
그날의 운도 기대치를 반영하지는 않는다
평소에 하던 대로 한다고
만반의 준비태세를 해도
연습과 실전은 다르다
모의고사는 평균값을 제시한다
실전에 임했을 때
시험 성적 결과물 나온다

바뀌는 게

바뀌는 게
바뀌는 거 아니라네
잠시 시간과 공간
이동하는 거라네
옮기는 거
공간과 시간을
옮겨가는 거라네
바뀌는 게 아니라네
옮겨가는 거라네
바뀔 수 없다는 거라네
바꾸라고 하는 거
바꿀 수 없는 걸
바꾸라고 하는 거라네
그냥 옮겨 가는 거라네

시인

스스로 시인이라는
고정관념에 묶이지 않고
자유로운 영혼으로
시인의 틀을 깨는 것이다
시가 좋다
나쁘다 할 필요가 없다

생각하는
대상만 있으면 되니까
사랑을 하면
누구나 시인이 된다

한 평 땅

서울 한 평 땅
가격이 말이 아니네
지역에 따라 천차만별이었는데
지역 격차도 별로 만 차라네
거기서 거기
가격 차 없는 부동산 가치
서울에 한 평 땅 갖기 어렵네
부자가 따로 없네
서울 땅 한 평 소유하면 부자라네
한 평 땅 있으면 좋겠네
서울 한복판 명동에

거미

산 입에 거미줄 치랴
사람 살지 않는 집에 거미줄 친다
사람 살아 살림하는 집에도 친다

거미줄은 거미가 공사를 하고
집을 짓고 사냥터를 만들고
먹고사는 일터이다

엄마가 지어 준 집에서
아기들이 살고 먹고 싸고
엄마 거미는 아기 거미를 기른다

아빠 거미는 어디에
아빠 거미는 없는 거야
모르는 게 병이고 아는 게 병이네

시험

행복하다는 마음을 담고
행복하다는 마음을 알고
행복하다 기말시험 끝

시험을 불안하고
시험을 초조하게
시험을 앞두고
시험을 대비하여
시험공부 하였다

행복하다 이제
행복하다 시험 끝
행복하다 보상해 줘야지

몸에게 마음에게 뭘
선물할까

그냥이 좋아

그냥이 좋아
동냥도 좋아
죽을힘 있다면
동냥 힘 쉬워요

일하고 돈 버는 거야
일 않고 밥 먹는 걸까

아니 아니 올시다
그냥 동냥하는 게 아니올시다
일하고 먹고사는 거야

그냥 좋아
동냥도 좋아
일할 힘
죽는 힘보다 쉬워요

제목 : 그냥이 좋아
시낭송 : 박영애
스마트폰으로 QR 코드를 스캔하면
시낭송을 감상할 수 있습니다

좋은 거야

좋은 게 그냥 좋아
좋은 게 좋은 거야

싫은 게 없어 좋아
좋다니 너무 좋아

밉다지 않아 좋아
이쁘다 하니 좋아

좋은 게 그냥 좋아
좋아서 죽어 좋아

행복하라고

아침마다
그냥 안부 물어
오늘 하루 행복하라고
건강하고 행복하라고

아침에
카톡으로 행복하라고
문자로
그림으로 행복하라고

그냥 고마워
그냥 반가워
그냥
행복해서 좋아

나는 2

땅 위에 태어난 걸
당연히 받아들이고 있음이외다

새소리 물소리 자연의 모든 것들 바라볼 수 있음을
기쁘게 간직해야 하기 때문이외다

하늘에 태어났다면
나는 아무도 막지 못할 자만과 자멸로 빠졌을 것이외다

만물이 생동하는 모습과 산 봉오리 봉우리들
내 시야에 들어앉아 버리기 때문이외다

팔자소관

혼을 달래는 굿이
판을 열고
혼을 달래려 진설된 음식이
혼의 식량으로 올려져 있다

죽어서는 잘 살라고
죽어서는 한을 풀라고
죽어서는 다 잊으라고
죽어서는 편하라고
혼을 달래는 굿 한다

사주팔자 타고난 대로
사는 것이라며
살아왔는데
죽어서 혼을 달래니
접신된 신령만 알고 있다

살아있는 사람은 모르고
죽은 사람은 알고 있다
팔자소관 아니라고
살아있는 사람은 모르고
죽은 사람은 알고 있다
살아보니 알겠더라

제목 : 사주팔자
시낭송 : 박영애
스마트폰으로 QR 코드를 스캔하면
시낭송을 감상할 수 있습니다

인사

기쁨과 감사의 인사를 한다
새로운 첫정을
맞는 기적의 아침이다

사랑과 은혜의 인사를 한다
새날을 반기는
홀가분한 느낌이다

날개를 달고 인사를 한다
바람을 몰아
구름에 올라탄다

첫발을 내딛는 인사를 한다
다른 또 다른 발길
안녕 고마운 지금이다

옳다고

붕당의 편을 들어야 하네
무리를 만들어
붕당에 들어
옳다고

내가 큰 목소리로
말하게 되네
옳지 않아도
옳다고

무리 지어
큰소리 내야 하네
내가 반대만 하면서
옳다고

무리 지은 붕당의 뜻에 따라
의도하지 않은
나의 마음도 따라가야 하네
옳다고

그래야 살아남지
나 살자고
그른 것도
옳다고

정당인지 작당인지

끼리끼리 모여 앉아
노는 모습이
아이들 모여
노는 거 같으이

둥글게 둘러앉아
원탁회의를 하는 듯 하이
줄서기를 바라는지
떼로 몰려들고 있어

동그란 원을 그리고
모양새가 줄타기를 하는 거 같아
머리에 모자를 쓰고
허리에 띠를 매었지

관모를 쓰고
홀대를 들고 서서
작당을 하고 있어
이게 정당인지 작당인지

제목 : 유유상종
시낭송 : 박영애
스마트폰으로 QR 코드를 스캔하면
시낭송을 감상할 수 있습니다

말씨

탄생은 씨에 있다
생명을 생산하는 씨가 있다
씨 없이 태어나는 것은 없다

말에도 씨가 있다
말씨는 천사도 되고
말씨는 악마도 된다

세상에 고운 말
아름다운 말씨
고운 말이 뿌리내렸으면 좋겠다

사람이 아름답고
고운 말씨의 씨를
많이많이 뿌리면 좋겠다

민족

같은 혈통을
타고난 종족을
민족이라 한다

민족이 작은 무리는
씨 퍼트리기를
많이 하지 못하였다

종족 보존의 혈통을
계승하기만 하고
명맥을 유지하여 왔다

혈통 보존 많아
뿌린 씨가 많은 민족은
수적 우세를 내세웠다

우월성을 차지하고
소수 민족을 탐하여
씨 말리려 한다

땅을 지배하고
식량을 쟁취하고
소수민족 숨어 산다

안전 불감증

검은 연기가
삽시간에 번져 나가더니
불길이 솟구쳐 올라
하늘로 날아올라
화재가 발생하였다

건물 안에
대피를 한 사람이 없다
불에 갇혀
연기를 마시고 쓰러졌다

인재라 한다
안전 불감증이라 한다
알면서 고치지 못하고
알면서 화재를 예방하지 못한다

똑같은 일이
똑같이 일어나도
그때뿐이다
알면서도 고치지 못한다

초청강연회

문학은 철학이 있어야 하며 사관이 뚜렷해야 하며
미적 감각이 둔해서도 안됩니다

특히 소설을 쓰고 시를 짓는 이들은 개성 창출이
중요합니다

국어국문학과에서 학과 행사로
모 대학 교수이자 소설가인 김XX 교수를 초청하였다

틀에 박힌 강의 시간을 떠나 학점과 무관한 초청강연회
매년 행사화 되어 2차례씩 진행된다

선웃음

웃으며 살자고 하는데
선웃음이라도 짓자고 하는데
웃으면 꾸며 웃으면
복이 오고 인상이 펴지고
얼굴이 달라 보이고
선웃음에
행복이 온다는 걸 알게 되지

선웃음을 짓자마자
표정이 바뀌어
행복한 표정으로 바꾸어
착한 얼굴이 되지
환한 얼굴이 되지
복이 들어오는 웃음이야

* 선웃음 : 우습지도 않은데 꾸미어 웃는 거짓 웃음

송근주 제2시집 —

뭔
말
이
야

제 3 부

약속하는 손

손이 귀엽다
손이 이쁘다
생명의 신비가
눈앞에 펼쳐지고 있고

아직 잠에 들어
깨어나지 않은
아기의 모습을
바라보면

마냥 신기하게 보인다
배고프면 칭얼대고
배설물을 내보내고
울고 있는

아기의 손은
생명의 불길을
세상을 향해
약속하는 손이다

자유를 알리고 싶다

무섭도록 시린 계절 겨울
땅이 얼어붙는 G.O.P.에서
전쟁터의 철조망이
내 앞에 포물선을 긋고 있다

싸워야만 전쟁이 아니기에
싸움 없는 전쟁터라 하는 여기
내가 서 있는 땅은
긴장만이 감돌고 있다

조국이란 무엇인가
내가 태어난 곳
내가 살아온 곳
내가 지켜야 할 곳이다

쉼 없이 들려오는
김일성 주체사상의 장벽
가로막힌 철책 너머로
자유의 소중함을 전하고 싶다

자유를 찾는 동베를린 사람들이 장하다
이념을 뛰어넘는 본능적 자유 욕구
언제 이 조국에
화해의 축제 마당이 올 것인가

행복이다

삶이란 사랑이다
나를 사랑하는 행복이다

생명이란 사랑이다
자존감 찾아가는 행복이다

생존이란 사랑이다
먹이 찾아 나선 행복이다

살아가기란 사랑이다
나를 사랑하는 행복이다

편하게 살려면

물속에 사는
생물은 물속이 편하고
땅 위에 사는 동식물은
땅 위가 편해

땅 짚고 헤엄친다고
땅 위에서 헤엄치면
헤엄칠 수 없어
불편한 줄 모르고 하는 말이지

삶의 터전에서
사는 게 익숙하기에
익숙하게 사는 것이 편한 거야
불편함이 없게 살고 싶으면

내가 태어나고 살아온
곳에 맡기면 돼
살기 편하게 진화되어
살기 편한 게 변한 거지

마술 마법

마술을 수리수리 부리면
내가 원하는 게 다 나오게 할 수 있지
사기를 치고
눈속임을 하는 마술

그래서 술수를 쓰고
사람의 눈에 착시 현상으로
눈속임을 술술 하니
마술이라 하지

마법은 또 다른 술수
마음속임이지
마술은 사람의 눈을 속이지만
마법은 사람의 마음을 속이지

술술 마법을 부려
마음을 훔쳐 가는 게
마법이지
눈을 속이는 게
마음을 속이는 거보다 나은지 몰라

나비

애벌레 우화등선해서
나비 된다

실 꼬아 나뭇가지에
나뭇잎에 매달려 있기 여러 날
껍질 바꾸기 여러 번
날개 펼쳐 날갯짓 여러 번
나비 된다

애초에 나뭇잎 밑에 알로 있던
태생 알이었던 나비
우화등선 과정 거쳐
세상 밖으로 날갯짓한다

꽃 찾아 꿀 먹고 꽃 열매 맺게
매파 역할 한다
우화등선 과정 거쳐
나비 매파 된다

원가 계산

머리로 원가 계산하지 말자
세상만사 마음으로
따뜻하게 살다 보면
행복 선택은 나에게 달려 있다

너 죽고 나 살자 원가 계산
준만큼 대가 뽑는다
수단과 방법 가리지 않고
받아 내려 한다

비교 분석 원가 계산
주위 사람과 비교하는 것
우선으로 한다
아낌없이 다 주자 원가 계산

주는 것 행복이며
마음 비우고 살기에
사랑과 평화
얼굴 미소짓다

나눔 기쁨 희망 사랑 행복하다

나누며 살아가고 나누며 사니
기쁨 알게 되니 행복하다

나눔 알고 기쁨 알게 되고
알아서 하게 되니 자유롭다

희망 안고 사랑 부둥켜안으니
바라는 대로 바라고 받아 좋다

행복 뿌리 희망 꽃
영양분 꽃 열매 주고받다

나눔 희망 사랑 있어
행복하다

간병

돈 있으면 숨만 쉬어도
가까운 곳에 있으니 고맙지요
집에 모시기 어려우시지 않으세요
집에 모신다고 병세가 지연되지 않지요

가족들 건강
생활 리듬
정신적 신체적 곤욕 치르고
가정 파괴되지 않나요

장기 환자가 있으면
모두 힘들어지지 않나요
가정이 불안정해지던데요
건강하던 가족도
장기 병간호에 병나던데요

요양원이나 요양 병원에 모시던데요
누워 계시기만 한 상태는
집에서 재가 요양 받기 어려운 거로 아는데요
임종을 지켜보시고 싶어서요
제가 뭐라 드릴 말씀 없네요

안녕하세요

고개를 갸웃
허리는 구십도
다리는 편하게
손은 부드럽게 쥐고
공손하게
눈을 마주치며
처음 만나서
나중 만나자고
지금 만남 중이라고
약속된 예식
만나서 반갑다고 하는 인사
안녕하세요

기력

힘이 부쳐
내게 남아 있는 힘이 부쳐
기력이 없어
내게 남아있는 기력이 없어

내 몸이 말을 안 들어
내 몸이 내 몸 같지 않아
내 몸에 흐르는 피가 돌고 돌아
순환하고 있는데

내 몸은 나의 의지대로
말을 듣지 않아
힘이 달려
내 의지와 무관하게

기력이 자꾸 쇠잔해 가고 있어
힘을 내고자 하나
나의 몸은 내 뜻을 거스르고 있고
점점 힘이 빠져
자리를 박차고 일어나
기력을 충전하는 법을 찾지

먹고 먹는 것은
잘 먹고
움직이고 움직이는 것은
무리하지 않게

자고 자는 것은
잘 자고
기억을 보관하려 들지 않되
건망증을 예방하고

치매가 오지 않게
뇌 활성화를 할 수 있게
뇌에게 부화가 걸리지 않고
강박 의식을 떠나게 하면 어떨까

건망증

내가 둔 물건을
찾지 못하기에
내가 감춘 것도 아니고
남이 숨긴 것도 아닌데

내가 둔 물건을 찾질 못하는
기억력 감퇴라는
두뇌 작용이 불러오는
불안감

기억력이 떨어지는
건망증을
차곡차곡 쌓는 훈련 아닌
훈련의 무의식의 반사작용이
나의 두뇌에
신경망을 자극하고 있다

원치 않고 있는데
나의 건망증은
한계를 모르는
무의식의 반사작용을
세뇌시키려 한다

어둠 밝음

어둡다는 것은
밝은 곳으로
옮겨 가는 것
알려 준다

언제나 어둠에 있는 것 아니고
항상 밝음이 있다는 것 아니다
어둠과 밝음 함께하고
서로에게 기대고 있는 것이다

어깨가 몸에 붙어
팔로 뻗어나가듯이
따로 있는 듯하면서
한 몸 이루고 있다

어둠과 밝음
밝음을 지키고
어둠을 지키고
어둠 밝음 하나라는 것을 알게 한다

어리석지 않은 일

어리석은 일
억지로 하는 일
감당하기 어렵다

어리석은 일
하지 않으면
감당하기 쉽다

어리석은 일
내가 싫어하는 일
억지로 하는 일이다

나 자신 강제하고
강요하는 일이다
통제력 상실한 일이다

통제력 상실한 일
하지 않으면
어리석지 않은 일이다

진번 질하다

돈 부자 땅 부자 부자들 사는 나라
살림살이 걱정 없이 넉넉하고 풍족하여
진번 질하다 하다 하네요

돈 많고 땅 많아 살림살이 넉넉하니
걱정 없고 팔자 좋고 여유 있어
진번 질하다 하다 하네요

여유 있고 넉넉하고 돈과 물자
살림살이가 넉넉하니
진번 질하다 하다 하네요

잘 사는 나라 되네요
꿈엔들 생각이나 했었나
남의 나라 일로 알고 있나요

* *진번 질하다 : 살림살이가 넉넉하다*

눈치

말하고 싶어도 말하지 못하고 있어
눈치 보느라
치자 들어가는
갈치 꽁치 참치 먹을 해산물 많은데

눈치라는 해양 생물은
어디에 살고 있는 건지
오대양에 살고 있는 해양 생물인가
육대양이지 아마 대륙에 사니

해양 생물은 아니네
미국은 북아메리카 대륙에 있는
가진 거 많으면서
남이 가진 거 더 갖고 싶어 하는 눈치

중국은 동아시아 대륙에 있으면서
세계 영토를 넓히고 부를 축적하며
소수민족에게 한족의
우위를 떨치는 눈치

북한은 동아시아 대륙에
핵 탄도 미사일로
호랑이 머리와 앞발을
들고 있는 눈치

일본은 동아시아 대륙의
태평양을 두고
대륙 진출을 노리는
야심만 찬 눈치

러시아는 태평양 진출을 위해
일본과 영토 분쟁을 하며
천연자원을 무기로
미국과 우위를 겨루던 눈치

눈치코치
둔데 몰라
어리둥절 눈치

초특가

가격을 내리기만 한다고
가격 경쟁이 되나
가격 경쟁보다는
망하는 길로 가는
초특급 레일 위를
달리고 있는 것이다

물가 안정이 되는 것이 아니고
물가 불안이 높아 가는 것이다
경제가 살아나는 것이 아니고
경제를 죽이는 것이다

초특급 급행열차의 질주를 막아야
경제를 살릴 수 있는데
제품의 경쟁력이 높아져야 하는데
자유 무역 협정이다 뭐다 하면서
저 품질의 물량 공세 앞에
국가 경제 흔들리고 있다

먹는 것이 소중하고
중요하다는 것을 알면서
자원이 귀하고
중요하다는 것을 알면서
자유 무역 협정과 충돌하며
초특가 물량으로
국가 경제 망하게 하고 있다

세 가지 질문

세 가지로 나누는
인체의 삼분할
머리 몸통 다리

관상에서는
이마와 코와 턱
이마를 천(天) 코를 인(人) 턱을 지(地)

"당신의 꿈은 무엇입니까?"
"당신이 진정 원하는 것은 무엇입니까?"
"어떤 사람이 되고 싶습니까?

잘하는 일은 무엇인가?
좋아하는 일은 무엇인가?
가치 있는 일은 무엇인가?

어린 시절부터 세 가지 질문함으로써
인생의 방향성 잡아 주는 것
새 시대 대비하는 지혜로운 방법이다

열풍

열풍이 엄습한다
무겁게
뻘건 입술을 내두르며
쾌속으로 달려온다

찌는 맘은
답답하고
정신은 혼미해서
골짜기로 떨어진다

열풍이 사라진다
스물스물
저문 골짜기가
열기에 떨고 있다

바위 위에 열풍이 앉아있다
뿌리내린 생물이
사방으로 스며든다

더더욱

슬픔을 알고 있으면
기쁨을 알아
기쁨을 알기에
더더욱 사랑스럽고

사랑스럽기에
더더욱 좋다는 거야
아픔을 알면
아프지 않아

아프지 않기에
우리는 즐기는 거야
아픔을 즐기는 거야
더더욱 세상에 빛을

나에게 영혼을 부르는
건강한 신체와
건강한 영혼을
더더욱 사랑하게 해

제목 : 더더욱 사랑하게 해
시낭송 : 박영애
스마트폰으로 QR 코드를 스캔하면
시낭송을 감상할 수 있습니다

살아온 날

살아온 날 돌이켜 보지 마세요
지금의 결과 소중하잖아요

예쁜 기억 아름다운 추억
유한의 시간 간직해야 할 것 같아요

가두어 둘 수 없지요
시계 추는 좌우 인위적 반응을 합니다

세상이 넓은 것처럼 보이고
살아갈 날 소중하지요

제목 : 살아온 날
시낭송 : 박영애
스마트폰으로 QR 코드를 스캔하면
시낭송을 감상할 수 있습니다

가을 하늘

하늘은 높이 떠있다
가을 하늘은 더 맑다
나는 구름에 걸려 있다

나는 하늘을 바라볼 수 없었다
나는 구름이 흘러가는 것도 볼 수 없었다
나는 어지럽기만 했다

나는 아무도 모르는 사연이 된다
나는 반역자가 된다
나는 하늘 구름에 걸터앉는다

가을 하늘의 높이가
거대한 문으로 다가오기에
나는 문을 향해 달려간다

제목 : 가을 하늘
시낭송 : 박영애
스마트폰으로 QR 코드를 스캔하면
시낭송을 감상할 수 있습니다

국화 향

도시의 거리는
국화꽃 되어
봄 여름 가을 겨울 국화 된다
바쁘게 사는 사람이
국화 향을 알고 있다

고향을 향해
고개 돌리기 힘든 생활을
떨치어 내는 국화는
바쁘게 사는 사람의 시계추를 돌리는
국화 향이 된다

고개 들고 하늘 볼 수 없는
도시에 사는 사람들에게
태양이 흩어져
아래로 아래로
국화잎 떨어뜨린다

어깨 둘러멘 국화꽃
고향 하늘 국화 향 보내오고
지친 마음 달래 주니
바쁘게 살아왔던 지난날에
국화로 살고 있다

제목 : 국화 향
시낭송 : 박영애
스마트폰으로 QR 코드를 스캔하면
시낭송을 감상할 수 있습니다

감

산에 산에

울긋불긋

자수정이 열렸어요

네온사인이 열렸어요

초록색으로

빛나는 별

초록별에

빨간 등이

열렸어요

감이래요

그리움

그리움
채울 수 없는 그리움
채운 적 있는 그리움

그리움
사라졌다
멈추어 있는 그리움

존재하지 않는 그리움
떠나지 않는 그리움
채워지지 못한 그리움

실체 없는 그리움
그리움
그리움

초미세 먼지

가을 초입 들어서고
초가을 비 하늘 맑게 했네
쾌청한 가을 하늘
오늘 볼 수 있어 감사하네
초미세 먼지
잠시나마 잊어도 되나

베트남으로 향하는
노을 태풍 있기는 하네
노을 한반도를 스치고 지나지 않아
하늘 개운하게 개이겠네
초미세 먼지
잠시나마 잊어도 되나

바닷속 인간이 버린 쓰레기
부유해서 떠오르겠지
사람이 파괴한 환경
건져 올려야지
초미세 먼지
잠시나마 잊어도 되나

일회용 쓰레기 백두대간 산 이루고

황사 뽀얀 먼지 날리고

스모그 회색 안개 굴 뚫고

코로나 19 마스크 쓰기에

초미세 먼지

잠시나마 잊어도 되나

제목 : 초미세 먼지
시낭송 : 박영애
스마트폰으로 QR 코드를 스캔하면
시낭송을 감상할 수 있습니다

기다려라

기다려 기다려야 해
이제까지 기다려왔는데
급하게 서두를 게 뭐 있어
지금부터 시간 갖고
더 오래 보면 되지

기다려 우리 숨 쉬고 있는
그날까지 함께 갈 길이
아직 많이 남았어
기다림의 끝이 어디까지인지
끝판이라는 것을 알기에
기다리라고 하는 것이다

내가 선택한 인연
선택한 인연이기에
다가갈 수 있는 인연
그러나 가까이 다가가도
부담 없는 인연

첫 만남의 기억이 각인되었기에
더욱 질긴 기다림을
준비하고 있었다
이제 기다려라 다시 만나 인연
더 단단하게 묶자

제목 : 기다려라
시낭송 : 박영애
스마트폰으로 QR 코드를 스캔하면
시낭송을 감상할 수 있습니다

코스모스

코스모스 꽃 예쁘다
가을에 피는 꽃 코스모스다
코스모스 피네
꽃 피어야 꽃이네

가을에 피는 꽃
코스모스 아름다워
바람을 일으키며
꽃대를 구부리며
꽃 피워 인사하네
하늘 향해 고개 들고
자태 뽐내며
안녕이라 인사하네

봄

바라보고 있어
너를 보고 있어
사랑스런 너를
사랑한다 하며

나를 부르는 너를
내가 노래해
나를 부르기에
사랑한다기에

계절이 바뀌었네
봄 되네
춘삼월이라
따스한 바람이 불어

아지랑이 기지개하고
새싹 올라와
나를 부르고 있지
사랑한다고 고백하네

여름

계절의 여왕이 달려오지
여름이라 부르지
꽃 피고 열매 맺지

장미가 활짝 피운 꽃
나팔꽃 넝쿨 담장 오르고
봉선화 줄기 기둥 똑바로

아카시아 일렬로 종 만드니
꿀벌들 날아와
양봉하는 이 밥벌이 돕고

칠 년 땅 벌레 매미는
나무에 딱 붙어 짝 찾지
소음 공해 사람들 싫어해

가을

내가 가을이에요
세월이 가는 길목 지키는
다가오는 겨울 준비해요

영양 보충 위해 낙엽 지고
낙엽 되기 전 색 옷을 입고
색색 옷 단풍이에요

사람들이 나를 보러 와요
단풍 구경한다고
나는 살기 위해 옷 갈아입고

낙엽 되어 퇴비되어
땅에 영양을 베풀어요
열매 맺어 먹거리 나눠줘요

겨울

추워야 겨울인가요
계절은 태양이 뜨거운 땅도 있어요
겨울에 예수님 탄신일 있어요

눈이고 비이고 오시는 님이 달라요
더워도 겨울이에요
겨울에 정월 초하루도 있고

겨울은 어디에 있을까
겨울은 어디로 갔을까
겨울은 어디에나 오고 가네요

추워도 겨울이고요
더워도 겨울이에요
겨울은 오고 가고 가고 오네요

길을 가다

내가 길을 나선 날
나를 끌어당기는
동서남북
사방팔방
팔을 들고
다리 뻗고
내가 길을 나선다

내가 길을 떠난 날
나를 밀쳐 내려는
음양조화
사주팔자
손 내밀고
걸음마로
내가 길을 떠난다

내가 길을 찾은 날
나는 나를 찾아서
나는 좋아
너 좋아해
손발 잡고
내가 길을 찾았다

던져 버려

던져 버리고 싶으면 던져 버려
근심 걱정 던져 버리고
버린 것 미련 갖지 마
고통 불행 던져 버리고
버린 것 아쉬워하지 마
던져 버리고 싶으면 던져 버려

던져 버리고 싶으면 던져 버려
기쁨 웃음 던져 버리고
버린 것 행운이라고
사랑 행복 던져 버리고
버린 것 기회이기에
던져 버리고 싶으면 던져 버려

돌멩이

뒹굴어 가는 돌멩이
뒹굴뒹굴 굴러가지

정말 뒹굴어가는 건지
돌멩이 그 자리에

이제 알아 맞혀 봐
둥근 건지 모난 건지

지멋대로 자연미
뒹굴어 가는 돌멩이

쪽지

간단하게 짧게 쓰지
길게 쓰면 읽는 것도
눈에 안 들어와

빨리빨리 읽고
의미 전달하면
좋아

쪽지는 간단하게
쪽지는 의미 전달
쪽지는 빨리빨리

의미 전달
그냥
좋지

선 긋기

선을 긋는다
기준을 잡아
점을 만들고

점점을 잇자
선이 되어
선을 긋는다

작은 점이 모여 선이
선이 점점 모여 면이
점과 선 면이 되었다

면이 모여 모여
입체적으로 모여
사차원 세계 되었다

숨죽이기

숨을 죽이세요
조용히 가만히 조심조심
고요함이 어두움이
숨을 죽이고 있다

가빠 오는 조여오는
고요함이 어둠 속에
숨을 죽이게 하고
가슴을 압박해 온다

답답하다고
산통을 깬다
숨을 죽이게 하는
산통을 내던진다

가져간다고
내가 가져갈 거라고
숨을 죽이게 하는
숨을 죽이고 있다

앎

알도록 하자고
알고자 하자고
전하려 하고자 하니
앎의 깨우침

궤도를 돌아가듯
알게 되니
퍼져 나가
깨달음을 앎

시간과 동조되는
삶의 무게감이
가벼운 깃털로
날개를 달았다

공간에 포근함이
생을 감싸 돌고
털털 털어 버린 마음
행운 문이 되다

보름달

보름달이 달이다
음력으로 보름에
보름달이 달 된다

우주궤도 돌아서
지구 둘레 돌아서
보름에 보름달로

한가위 보름달이
가장 위대한 달인
보름달이 달 된다

달이 된 보름달로
보름 후 다시 돌아
보름달로 달 된다

위

눈을 들어 하늘을 봐
하늘을 보는 게 위야
위는 내 몸에도 있어
소화기관이지

콧대를 세워
자존감이 위야
위는 내가 살았을 때
자기 강화하지

방어기제를
나에게 주입해 봐
나에게 살아 있다는
위를 보게 하는 걸

문을 열어 위로
당당하게 산다는 위야
위는 내가 자신감 갖고
위를 향해 가는 거

질리지 않아요

사랑을 주세요
행복해지게요
사랑이라는 말
아무리 하고 해도
질리지 않아요

행복을 주세요
축복받고 싶어요
사랑이라는 말
아무리 하고 해도
질리지 않아요

축복을 받았어요
행운의 열쇠로
행복
사랑
질리지 않아요

가로세로 말
골라골라 보아요
사랑
행복
질리지 않아요

알 수 없다

쓰다 달다 아무리

시다 쓰다 도무지

달다 시다 도대체

알 수 없다

내가 아는 맛

너도 아는 맛

달고 쓰고 시고

아무리 도무지 도대체

알 수 없다

입맛대로 달달하네

입맛대로 씁쓸하네

입맛대로 시큼털털

알 수 없다

내가 아는 맛

너도 아는 맛

도대체 도무지 아무리

입맛대로 맛 봐도

알 수 없다

문을 열어라

문을 열어라
대문을 열어라
삐거덕 덜컹 덜컹

문을 열어라
열린 문을 터벅터벅
걸어 들어간다

들어간 대문 안
마당 정원수
나를 보고 있네

문을 열어라
내 마음의 문
열고 들어간다

졸업을 못해

졸지에 학업을 그만두어야 한다네
등록금이 없어
학교를 다닐 수 없다네

아르바이트 세 개를 해도
등록금이 없다네
등록금에 생활비에
졸업을 할 수 없다네

휴학을 하는 것도
학칙이 있어
무한 휴학 없어
졸업도 못하고 있네

졸지에 졸업도 못하고
학교를 다닐 수 없어
졸업을 못했다네

사람다워야

들어가는 것은 쉽지
입학이라 하지
배움의 길 터주는
학교에 가는데

인성보다 지식만 배우지
사람이 사람다워야
사람이 사람이어야
되는데 되는데

학교는 따로 공부
학원은 따로 공부
사람이 배우는 지식
학교 학원 지식교육

본능교육 이성교육
인성교육 지성교육
누가 언제 무엇
물음표로 남겨 놓네

노려본다

마주 보며 노려본다
눈을 부릅뜨고 노려본다
대화를 하자고 노려본다
눈을 마주칠 뿐인데
노려본다고 본다

상대는 노려본다 본다
나는 노려보는 게 아니다
눈을 마주치고
대화를 하는 거다
눈을 마주칠 뿐이다

은행

은행이 손짓을 한다
나를 부르는 손짓을 한다

열매를 땅에 떨어뜨린다
발로 밟고 지나간다

불쾌한 냄새가 난다
짓이겨진 열매로 다가온다

알맹이가 씨앗이
발자국에 누워 있다

참 삶 살이

바닥이 났다
서릿발같이
시퍼런 날을
세우고 바닥이 났다

고행이라고
수행이라고
고통이어도
바닥이 바닥이 났다

슬퍼하려 하니
기뻐하려 하네
울려하려 하니
웃게 되게 하네

살게 되네
참 삶 살이
살게 되네
행복하네

그림자놀이

그림자놀이하고 있어
내가 그림자 만들었어
길죽하게 크게 만들어
그림자 밟고 지나가려 해

그림자놀이하고 있지
네가 그림자 만들었어
크고도 아주 크게 만들지
그림자 나와 네가 만들어

그림자놀이하고 싶지
너와 나 그림자 만들고파
작게 더 작게 만들고파
그림자 작게 만들고파

그림자놀이하고 있지
크게도 작게도 마음대로
그림자 만들고 있지
그림자놀이하고자 해

말을

실어증
말을 잃어버려
말을 못해

묵언 수행
말을 하지 않아
말을 잊지 않아

말을 잊고
말을 잊지 않고
실어증 묵언

종이 한 장
앞과 뒤로
비춰 보아

말아먹어

말아먹어 보네
감추려 속이려
둘둘 말아 보네

말아먹어 보세
공약이라 하며
둘둘 말아 보세

약속이라 하네
지키지 않아도
허공에 말고 있네

철만 되면 말아
둘둘 말고 말아
감추고 속인다네

나가라고 해

나가라고 해
영혼아 부르고
나가라고 해
맨 정신이야
정신병자야
병나서 죽어
엄마가
병나서 죽어
정신병자라서
병이라 고해서
병나서 죽나

풀어 버려

묶어 버려서
꽉 묶여 있어
정신줄을 놓고 있나

풀어 버려
묶여있으려 하지 마
내가 풀면 되는데

어렵지 않은데
왜 묶인 걸 풀려 하지 않아
의지를 가져 봐

내게 묶인걸
내가 풀면 되지
누가 풀어 줄 사람 있어

먹고 싶다

꼬꼬 댁이 왔어요
달걀이 왔어요
먹거리다
돈이 없다

달걀 프라이도 먹고 싶고
삶은 달걀도 먹고 싶다
삼계탕도 먹고 싶고
닭죽도 먹고 싶다

닭백숙도 먹고 싶다
사치다
돈이 없다
먹고 싶다

일해야 하는데
일이 없다
일하고 싶다
밥벌이 하고 싶다

달걀도 사 먹고
닭도 사 먹고
먹고 싶다
돈이 없다

유서

유언을 한단다
마녀가 나와서
죽기 전에 유서를
쓴다고 한다

마녀의 집에 있는
보물 지도를 보여주며
재물을 상속한다는
유서를 쓴단다

유혹에 빠진다
마녀가 남긴다
보물 지도를
찾지 못할 보물 지도다

겉으로 보이는
유서에 쓰인
보물 지도는 없는데
유언을 쓴다고 한다

보아주세요

보아달라고 해도
보아주지 않아
보기 싫어서
보아달라고 해도
보아주지 않는 게 아니라며
보지 않고

사랑이 식어서
사랑이 없어서
사랑이 보아주지 않아
사랑이 무어냐 물어보고
사랑 보아달라고 해도
보지 않고

보아주세요
부탁합니다
사랑아 사랑아
보아 달라고 부탁합니다
보지 않으려 하지 마시고
보아줘요

먼지

먼지는 쌓이면
먼지가 되지만
흩어져도 먼지다
아침에 일어나
점심에 쌓이고
저녁에 흩어져
한밤 중 먼지가
새벽에 쌓인다
마음의 먼지는
때를 가리지 않는다
마음에 먼지가
쌓이지 않기를
바라는 마음이다

살아야지요

살아야지요
더불어 어울려 함께
살아남아야지요
산 자와 죽은 이가
갈리어도 살아야지요
살아 숨 쉬는
순간만큼은
영원히 함께 하고 있어요

더 잘 들려

들으려 하지 않으면
더 잘 들린다
들으려 하면 안 들린다
잠결에 들리고
꿈결에 들리고
더 잘 들린다
내가 꿈꿔왔던
내가 하고 싶은
소리가 들린다
술과 빈대떡이 있는
익어가는 가을에
간판등 불빛 비추이고
취하도록 마시면
더 잘 들린다
친구가 부르는 노래
젓가락 장단에
숟가락 장단에
더 잘 들린다
친구여 술 한잔하자
친구여 밥 한 끼 먹자
친구 노랫소리
더 잘 들린다

물결

결이라고 하지
물방울 모여
아래로 흘러가는 결
물결이라고 한단다
시냇물이 흐르고
강물이 흐르고
바다에 모이면
바람과 친구로 만나
노는 파도와
장난치는 파랑과
싸우는 쓰나미로
바람과 만나면서
물결은 변화무쌍하지
바람과 만나지 않아야
고요함과 적막함으로
자신의 결을 간직한 채
물결의 정체성 알게 돼
바람과 만나면 정체성
알 수 없어 혼란스러워

숨결

결을 따라가자
산으로 오르는 결
바다로 넘쳐 나는 결
숲의 나무와 풀과 온갖 동물이 뛰어다니는 결
숨을 들이키고 숨을 내뱉는 결
같이 어울려 함께 살아가는 결

숨결을 느낄 수 있어
대자연의 품에서 느낄 수 있어
숨을 쉬어
숨결을 뱉어
결을 따라 해
가슴으로 마음으로 느낌이 오지

영혼이 횃불로 따라오는 결
시냇물 따라가자
결을 느낄 수 있어
물고기들이 시냇가에 개울가에 결로
아가미 숨결로 살고 있어
영혼으로 마음으로 느낌이 안 와

눈을 감고 느껴봐
조용하고 고요함이 몰려오고
마음이 평정되고 있어
숨결이 조심조심 발걸음을 하고
숨결이 조용조용 손짓을 내밀고
영혼을 붙잡고 있어

고독

혼자 있으면 심심하지만
심심함을 벗어나면
외롭다 할 수 있지

외롭다는 혼자인 상황
미련 없이 떨치고 일어나면
외로움은 멀어져

사랑이 넘쳐나서
고독한 척했다는 거야
분수처럼 뿜어져 나오는 사랑

사랑의 노래가 울려
영혼의 영가를 불러
외로움은 멀어져

미소

활짝 웃는 얼굴 아름다워
빙그레 미소 짓는 얼굴 예뻐

이쁜 말 갖다 붙여 봐
미소 짓는 얼굴에 갖다 붙여

웃으면 복이 온다지
미소 지으면 복 도망가나

꼭꼭 붙잡아 미소를
웃음소리 내지 않아도

미소는 얼굴에 빙그레하게
빙그레 미소 짓는 얼굴 예뻐

만남

이루어져야 하는 사랑이 있다면
이루어지고

이별하는 사랑이 있다면
이별을 하고

사랑은 만남
이별도 만남

이루어지지 않는 사랑
이루어지는 사랑

사랑은 만남과 이별로
이루어지고 이루어지지

사람과 함께하고 싶어 한데요

독감이 인류의 역사에서
사람과 어울리기를 좋아했지요
코로나-19도
독감과 같이
사람과 함께하고 싶어 한데요
환경 공해로 발생했으니까요
자연의 품으로
돌아가야 사라질 거예요

힘

힘없어 보이고
흔들리는 듯하다
꿋꿋하게 버티는 힘

야위고 말라 보여도
거칠 것 없는 힘

무게중심을 향해 우뚝
솟아오르는 태양의 힘

야들야들하게 보여도
흩어져 가는 흙 같아도
육체와 마음이 가는 힘

뭔 말이야

송근주 제2시집

2021년 11월 25일 초판 1쇄
2021년 11월 30일 발행
지 은 이 : 송근주
펴 낸 이 : 김락호
디자인 편집 : 이은희
기 획 : 시사랑음악사랑
연 락 처 : 1899-1341
홈페이지 주소 : www.poemmusic.net
E-Mail : poemarts@hanmail.net

정가 : 12,000원
ISBN : 979-11-6284-336-9